LA MAGICIENNE ESTRANGERE,

TRAGEDIE.

EN LAQVELLE ON VOIT LES TIRANNICQVES COMPORTEMENS, origine, entreprises, desseings, sortilleges, arrest, mort & supplice, tant du Marquis d'Ancre que de Leonor Galligay sa femme, auec l'aduantureuse rencontre de leurs funestes ombres.

Par vn bon François nepueu de Rotomagus.

A ROVEN,

Par DAVID GEVFFROY, & IACQVES BESONGNE, ruë des Cordeliers joignant sainct Pierre.

M. DC. XVII.

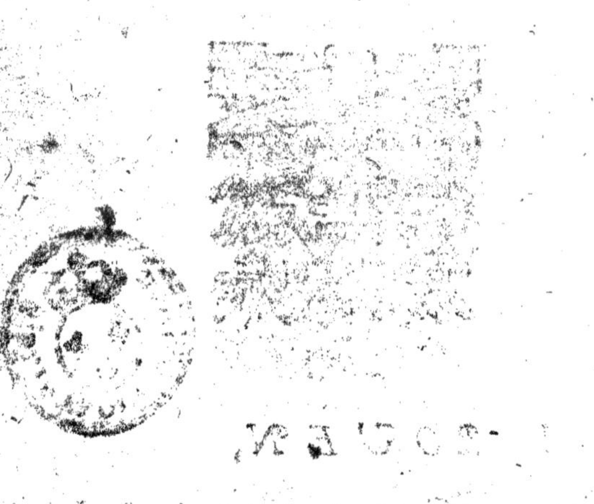

A
LA LOVANGE
DV TRES-CHRESTIEN TRES-AVGVSTE ET victorieux Louys de Bourbon Roy de France & de Nauarre.

Voicy le siecle d'or qui vient reuoir la France,
Apres que tout ainsi qu'vn Hercul genereux,
Vous auez estouffé ces Hydres rigoureux,
Qui sembloient nous tenir sous leur frein en souffrance.
Astree d'autre part voyant vostre vaillance,
Rendre la France heureuse & les François heureux,
Quitte le Ciel astré & d'vn cœur amoureux,
Vient subir sous le ioug de vostre obeissance.
Mais qui du Ciel ou vous enuoya au cercueil,
Ce Thyphon qui vouloit s'esgaller au Soleil,
Ce fut vous par Victry, si on croit le vulgaire.
Mais moy cet argument (SIRE) ainsi ie ne crois.
Car le Ciel par Victry vous esmeut à le faire,
Pour deliurer la France & le peuple François.

NOMS DES ACTEVRS.

Le grand Pan François.
Aymelis de L.
Leontide de V.
Almidor de N.
Argante du M.
Lucidor de L.
Le Solon François.
Alecton Furie.
Thesiphone Furie.
Megere Furie.
L'Ange gardien de la France.
Galligay.
I. Conseiller. II. Conseiller.
Executeur.
L'ombre de Conchine.
Tenebrion.
I. Docteur. II. Docteur.
L'ombre de Galligay.

LA MAGICIENNE ESTRANGERE, TRAGEDIE,

EN LAQVELLE L'ON VOIT LES tyranniques comportemens, origine, entreprises, desseings, sortileges, arrest, mort & supplice tant du Marquis d'Ancre, que de Leonor Galligay sa femme auec la rencontre de leurs funestes ombres.

Par vn bon François nepueu de Rothomagus.

ACTE I.

SCENE I.

Le grand Pan François. Aymelys. Leontide. Almidor. Argante. Lucidor. Le Solon François.

Le grand Pan François.

GRAND Dieu qui sur Oreb donnas iadis tes Loix
Et qui dedans tes mains regis le cœur des Rois,
Reçois sur tes Autels cet Hymne que i'entonne,
Pour auoir preserué ma Françoise Couronne,

D'vn pariure coüard, qui sans foy & sans cœur,
Vouloit de mon Estat demeurer le vaincœur:
Apres auoir de moy fait exiller mes Princes,
Et semé cent discords dans mes riches prouinces,
Dont l'esmail embasmé & les glorieux champs,
Ont esté arrousez de ses propres enfans,
Qui seduits finement de ce lasche Conchine,
S'en alloyent abismer dans leur propre ruine,
Imittant en cela le peu rusé poisson,
Qui se donne la mort accrochant l'hameçon:
Toutesfois aux malheurs qui pendant mon ieune aage,
A l'enuy menassoyent la France de naufrage,
Ie beny ta puissance, & ton bras redouté,
Qui ma fait chastier l'inique impieté
De ce second Typhé, qui plain d'outrecuidance
Desiroit escheler l'Olympe de la France:
Contrecarrer ma gloire enuahir ma splendeur,
Et bastir mon tombeau sur ma propre grandeur,
Qui vouloit de la Seine ensanglanter la riue
Et changer en Cyprès nostre agreable Oliue,
Qui aymant le desordre auoit par tout produit
Des Vautours qui mangeoyent de mes subiects le fruict:
Qui ne desiroit rien que subcittes nouuelles,
Qui faisoit remparer mes fortes Citadelles,
Qui faisoit des accords auec mes ennemis,
Qui vouloit commander aux mignons de Themis,
Qui a fait dessous luy gemir la Picardie,
Qui vouloit esclauer toute la Normandie,
Qui de mes bons subiects remplissoit les prisons,
Qui vouloit mes Citez greuer de Garnisons,
Qui fit assasiner le Seigneur de Prouuille,
Qui cuida faire occir le Duc de Longueuille,
Qui estoit le chaos de la confusion,

Qui estoit l'argument de la diuision,
Qui estoit le piuot des discordes ciuilles,
Qui estoit le tison qui embrasoit mes villes:
Bref qui fut le chaos, l'argument & l'autheur,
De cela que Pandore a versé de malheur
Dessus les Lys François, du depuis que l'enuie,
L'enhardit sourdement d'attenter sur ma vie:
Mais puis que ses desseins ont esté sans effect,
Puis qu'vn Mars de Victry la brauement deffait,
Esteignons en ce siecle à jamais sa memoire.

Aymelis.

Victry pour ce beau coup merite de la gloire,
Aussi son nom, sa race & sa dexterité,
Ne dureront pas moins que la posterité:
Mais par dessus Victry, Sire, les Roys estranges,
Vous donnent pour ce coup mille belles loüanges,
Exaltant vostre nom, lequel d'vn burin d'or,
Ils grauent dans le Marbre & dans le Bronze encor,
Pendant que d'autre part la fameuse Victoire,
Le graue de sa main au Temple de memoire.

Leontide.

Sire. Conchine est mort, mais ce n'est pas assez,
[illegible] faut faire à sa femme en bref temps son procez,
[illegible]'est la source du mal, la fille de Megere,
[illegible]t celle là qui a le venin de Cerbere
[illegible]spandu en nos champs, dont sont nez les discords,
[illegible]esquels ont suscité aux François mille morts.

Le grand Pan François.

Auant qu'il soit trois iours ceste affreuse sorciere,
[illegible]ra voir de Pluton la puante tasniere,
[illegible]é quoy? & quel honneur pourroit-on acquerir?
[illegible]e la garder ainsi sans la faire mourir?
[illegible]on, non, il faut de bref que le fer & la flame,

De son malheureux corps face retirer l'ame,
Imittant en cela deux Monarques Gaulois,
Sçauoir Philippe Auguste, & Charles Roy François,
Neufiesme de ce nom, qui Peres de Iustice,
Punirent par le feu la sorciere malice,
De deux vieilles Circez, qui auoyent contrefait,
De pure cire vierge en secret leur pourtraict,
Pour les faire exposer sous vne froide l'ame,
Les faisant peu à peu consommer vers la flame.

Almidor.

Si l'Itale imittant le Royaume François,
Vitelle l'Empereur & les diuines Loix,
Faisoyent punir ceux-là qui s'engagent au diable,
Elle ne verroit point sa terre desplorable,
Confite de leurs arts, & les peuples voisins,
Ne seroyent infectez de leurs salles venins.

Le grand Pan François.

Ils deuroyent estouffer ceste infernalle engeance,
Ils deuroyent par le feu en tarir la semence,
Sacrifier leur vie aux autels de Pluton,
Et leur faire passer le bourbeux Phlegethon.

Argante.

Il faut Galligay faire reduire en cendre,
Que sert Solon François de d'auantage attendre,
Conchine l'attend ià, pour elle il meurt d'ennuy,
Et luy tarde beaucoup qu'elle n'est auec luy.

Le Solon François.

Si tost que nous l'aurons derechef confrontee,
Conuaincu sa malice & magie infectee,
Nous luy ferons tenir de Greue le chemin.

Aymelys.

Ses liures de sorciers son vierge parchemin,
Ses chiffres incognus ses diuers carracteres,

Sont ils pas de sa mort tesmoings inrefractaires.

Lucidor.

Quand d'elle nous n'aurions que ce seul argument,
C'est assez pour luy faire vn iuste iugement,
Veu que l'on peut iuger, voyant telles reliques,
Qu'elle se dementoit d'vser des arts magiques,
Condamnez de Moyse & de l'Antiquité.

Leontide.

Parlant de la façon vous dites verité,
Car les Loix du passé prophanes & diuines
Commandent d'etoupher de semblables vermines,
Comme indignes de viure auecques les mortels,
Qui adorent de Dieu purement les Autels.

Le grand Pan François.

Comme l'Arche de Dieu des Philistins rauie,
Auec leur Dieu Dagon n'auoit de sympathie,
Comme le plomb & l'or, n'ont aucun alliment,
Comme le feu & l'eau n'ont rien ensemblement,
Ainsi ces fils aisnez des rines Auernalles,
Dont l'Art, le Philtre amer & les propos Thessalles,
Empoisonnent les vns, les autres font mourir,
N'ayans rien auec nous doiuent par feu perir.

Le Solon François.

Sire, pour ses forfaits quand elle auroit cent vies,
Elle meriteroit qu'elles fussent rauies,
Pour expier le mal qu'elle a fait aux humains,
Qui n'ont voulu ramer au port de ses desseins.

Le grand Pan François.

C'est par trop dilayé faites en vne vuide.

Argante.

Elle deust estre ia en l'Antre Tenaride,
Afin de reciter à son espoux sans foy,
Que Louys de Bourbon (n'est moins iuste que Roy)

En l'ayant fait passer par vn honteux supplice,
Apres auoir prudent remarqué sa malice.

Almidor.

L'on ne peut exprimer combien Dieu nous fait d'heur,
Et combien aux François il monstre de faueur,
D'auoir precipité au goufre Tenaride,
Celuy là qui vouloit nous retenir en bride.

Lucidor.

Ce coup n'a pas esté aux François moins heureux,
Que cil de Goliath aux gens d'armes Hebreux,
Ainsi Abimelec qui mettoit tout en crainte,
Vit d'vn bras moins vaillant sa pauure vie esteinte,
Ainsi le fier Aman enuiant Mardoché,
Se vit à son gibet comme d'Ancre attaché.

Le grand Pan François.

C'est assez discouru icy de cet affaire
L'Eternel par Victry ce beau coup m'a fait faire,
Or doncques du passé n'allons plus discourant,
Mais allons de ce pas faire le demeurant.

SCENE II.

Alecton. Thesyphone. Megere. L'Ange.

Alecton.

QVoy filles de la nuict, monstres espouuentables,
Dōt les fers, dont les fouets, & les fleaux effroyables
Estonnent l'vniuers font le poil herisser,
Paslir le front d'Hecate, au corps le sang glacer,
Et en vn mot liurant au genre humain la guerre,
Trembler le ciel, l'enfer & la mer & la terre,
Quoy à qui songez vous qui vous va occuppant,

Quel Mome deceueur vous va l'esprit trompant,
Comment ignorez vous que voicy la iournee,
Que Galligay doit estre en Cour condamnee,
Non,non, quittez le Stix & l'Antre de Pluton
Et venez assister vostre sœur Alecton,
Deuancez les esclairs (veritables Prophetes)
Des Orages du Ciel, des Foudres & tempestes,
Delaissez la Tantal, Sysiphe Promethé,
Ixion & l'Amant de sa propre beauté,
Et tenant en vos mains vos torches petillantes,
Vos fouets enuenimez, vos couleures sifflantes,
Venez s'il est possible auec moy empescher,
que nostre sœur ne soit le butin d'vn bucher.

Thesiphone.

O Rages, ô Fureurs, ô Demons, ô Cerbere!
Suyuez moy promptement, tout est perdu Megere,
Ignorez vous les cris que fait naistre Alecton,
Allons & deuançant les aisles d'Aquilon,
Scachons ce qui l'esmeut à faire vn tel esclandre.

Megere.

Allons ie veux aussi ce subiect d'elle apprendre,
Et bien quoy Alecton qui vous fait contrister?
Qui vous fait de la sorte en ce lieu lamenter,
Vient-on sur nos amis attenter quelque chose?

Thesiphone.

Vous le iugez ainsi, comme ie le suppose.

Megere.

Qu'auez vous entendu errant par l'vniuers.

Alecton.

Vn bruit lequel mettra nos desseins à l'enuers.

Thesiphone.

Dittes pour tout cela encor ie ne m'esmaye.

On dresse le procez à nostre Galligaye,
Tellement que ie croy qu'auant qu'il soit bien peu,
Que son corps passera par le fer & le feu.

Thesiphone.

Hé, na t'elle pas bien merité ce supplice?

Megere.

Ouy dea, mais elle estoit nostre inthime complice,
Qui faisoit abreuuant les hommes de ses sorts,
Deualler mille esprits au Royaume des morts.

Alecton.

Ne souffrons donc mes sœurs que ceste braue Dame,
Ecclipse son beau iour au milieu de la flame,
Ou que son chef qui fut des Orgueilleux l'Atlas,
Soit distraict de son corps d'vn tranchant coutelas,
Faisons plustost grefler forçant l'effect des Astres,
Dedans les champs François mille piteux desastres,
Que le pere aueuglé esgorge son enfant,
Que du pere le fils soit cruel triomphant,
Que le frere insolent couche au tombeau son frere,
Comme Thebe iadis vit par ma main meurtriere,
Bref faisons tant d'horreur par le feu & le fer,
Que le monde aux humains ne soit plus qu'un enfer.

L'Ange Gardien.

Quoy filles des Enfers excrement du Cocyte?
Peste de l'vniuers, quel Demon vous irrite,
Quelle rage vous point quels venins infernaux,
Vous forcent à vouloir subsister tant de maux,
Non arrestez vos pas n'allez point en la France,
Pour penser aux François donner de la nuisance;
C'est bastir dans les Airs, c'est semer sur la mer,
Ou vouloir dans vn sac tous les vents enfermer,
L'Eternel maintenant veille pour cet Empire,
Le reste des humains ne la peuuent destruire,

Puis d'vne Galligay empescher le procez,
C'est vers sa Maiesté exercer des excez,
Non retournez vous en dedans vostre demeure,
L'Eternel Iuste en tout veut qu'iniuste elle meure,
Non, qu'il vueille la mort du malheureux pecheur,
Ou luy faire sentir sa diuine fureur:
Mais pour auctoriser les loix de sa Iustice
Et expirer sa faute endurant le supplice.

Thesiphone.

Pourquoy desirez vous ce iourd'huy triompher,
O Ange radieux, des forces de l'enfer,
Qui vous porte à cela qui a ce vous conuie,
Est ce l'ambition ou la mordante enuie,
Qu'ou portez aux demons du depuis que des Cieux
Ils furent culbutez aux paluds stigieux,
Non, ne vous meslez point des negoces mondains,
Laissez rouller le cours des affaires humains,
Au moins de faire esclorre en ce mortel pourpris,
Le desseing innouy de nous trois entrepris.

L'Ange.

C'est ce peiner en vain que de leuer la corne,
Contre le Souuerain qui toute la mer borne,
(Qui peut-tout ce qu'il veut,) qui se donne la Loy,
(Et ne voit sinon luy) qui soit esgal à soy,
Que desirez-vous plus vomir dessus la France,
Plus vous estes armez de rage & d'arrogance,
Et plus vous souhaittez sa perte & son malheur,
Plus elle est indomptable & feconde en bon heur,
He! quoy voudriez-vous pour vne galligaye,
La Pandore du monde, & de France la playe,
Faire fanir les lys cest estat renuerser,
Et les bons & mauuais, pesle mesle offencer,
Non, non, le Souuerain qui cognoit vos malices,

Vous fera retourner en vos noirs precipices,
Sy vous osez troubler de France le repos,
Et metamorphoser le monde à vn chaos,
Hé! quoy ignorez-vous que sa toute puissance,
Depuis traize cens ans me fait garder la France?
Du Turc, de l'Espagnol, du Germain, du Gregeois,
Du Breton, du Flamend, du Hongre & de l'Anglois,
Et de cent nations dont l'espee inhumaine
Pensoit du sang François faire rougir la Seine,
Rompez donc noires sœurs vos desseins entrepris,
Et retournez gesnez les malheureux esprits:
Ou auec sainct Denis Apostre de la France,
Ie vous feray sentir ma diuine vaillance.

Megere.

Puis que le Tout-puissant combat pour les François,
Nous ne desirons pas annichiler ses loix,
D'attenter autrement se seroit temeraire,
Conter les feux du ciel, dessus Thetis pourtraire,
Car s'il commande au ciel, en terre, en l'air, és eaux,
Il commande aussi mesme és paluds infernaux,

L'Ange.

L'on ne peut escrimer auec honneur & gloire,
Contre cil dont despend la mort ou la victoire.

Alecton.

I'ay cent fois plus de peur de ces rouges esclats,
que Galligay n'a d'vn violent trespas,
Combatte qui voudra contre sa saincte dextre,
Pour moy ie ne veux pas me ioüer à mon maistre,
Car sans conter Conchine on vit Mongommery,
Pour vn pareil subiect sur le dessert marry.

Thesiphone.

Ma foy ie ne veux pas estre de sa partie.

Megere.

Vous eussiez peu laisser en la Greue la vie,
Si vous eussiez tousiours esté de son costé.

Alecton.

Allons c'est trop long temps en ce lieu caqueté,
Retournons voir Pluton & laisson Galligaye,
Puis que l'enfer en vain de luy aider s'essaye.

L'Ange.

Allez fattalles sœurs au Cocyte infecté.
Iamais ne puissiez vous rapasser le Lethé,
Ny les portes de fer que va gardant Cerbere,
Pour venir à la France & aux François mal faire.

ACTE II.

SCENE I.

Le Solon François. Galligay. I. Conseiller.
II. Conseiller. Executeur.

Le Solon François.

VOicy le iour venu qu'il vous faut confesser,
Le mal qui vous fera par le fer trespasser,
Confessez vostre faute accusez vostre vice,
Et ne cachez le vray à la saincte Iustice,
Qui construite de Dieu pour punir les fauteurs,
Par vn secret instinct peut lire dans les cœurs,
Preuoir la verité, cognoistre l'imposture,
Et chastier chacun selon sa forfaicture,
Dittes donc Galligay est-il pas verité?
Que vous auez souuent dans la France excité
Plusieurs diuisions? fait retirer les Princes?
Et semé cent discords aux Françoises prouinces?

Galligay.

Mes esprits sont de moy tellement enuollez,
que ie ne peux iuger dequoy vous me parlez,
Et quoy Solon Francois auroy-ie eu l'asseurance,
D'enfanter des malheurs dans le sein de la France?
A qui ie dois mon heur & mon auctorité:
Non, non, c'est faire tort à ma fidelité,
Que d'accuser ainsi vne innocente Dame,
qui n'eust iamais empraint autre dessein dans l'ame,
Que l'honneur de la France, & la gloire du Roy.

Le Solon François.

Madame vous sçauez de ce pays la Loy,
Si donc plus vous voilez vos mal-faits d'vne feinte,
La Iustice sera par vous mesme contrainte
De vous bailler la geisne auec seuereté,
N'endurez pas cela, mais dictes verité.

Galligay.

Et quoy que voulez vous Messieurs que ie vous die?

I. Conseiller.

Les desseins machinez par vostre perfidie.

Galligay.

que pourroit vne femme en France machiner,
Alors qu'elle ne veut au mal s'abandonner?

Le Solon François.

que peust faire Phedré, Pasiphé & Medee?
Ne pouuant pas brider leur rage outrecuidee.

Galligay.

Non, non, ne sera point de la sorte, ô Dieux!

II. Conseiller.

Peut estre plus encor estant bien pire qu'eux.

Galligay.

Mon ame de leur mal, n'est nullement souillee.

Le Solon François.

Vous deuez estre à eux iustement esgallee.

Galligay

Galligay.

Il n'importe monsieur vous pouuez dire tout.

Le Solon François.

Dittes tout comme moy.

Galligay.

Mon cœur ne si resoult.

I. Conseiller.

Elle ne dira rien si ce n'est par la geisne.

II. Conseiller.

Il les luy faut bailler.

Galligay.

Puis que c'est chose vaine,
Que de penser celer ma grande impieté,
Ie veux en desclarer toute la verité.

Le Solon François.

Et bien n'est-il pas vray que vous estes coulpable,
Des malheurs aduenus.

Galligay.

Cela est veritable.

Le Solon François.

N'auiez vous pas dessein vous & vostre mary,
Du Monarque François si doucement chery,
D'enuahir peu à peu ses plus fortes prouinces,
De proscrire les Grands de faire occir les Princes,
Et apres tout cela briguant de Dieu la Loy,
De rauir la Couronne & le sceptre du Roy?

Galligay.

Ouy, nous auions au cœur vne semblable enuie.

Le Solon François.

Auez vous pas vsé aussi de la magie?

Galligay.

Nenny ie n'ay iamais pratiqué ce mestier.

I. Conseiller.

Et quoy osez vous bien ceste chose nier?
Le Vierge parchemin les diuers carracteres,
Les chiffres incognus les simples pestiferes,
Les statues de cire & maint liure secret,
Trouuez de la Iustice en vostre Cabinet?
Ne sont ils pas tesmoins du tout irrefutables,
Que vous estiez sçauans en ces Arts detestables?

Galligay.

Nous voila conuaincus par ce seul argument.

Le Solon François.

Vous ne gaigneriez rien de parler autrement.

Galligay.

Il est vray il est vray trop tard ie le confesse,
Comme vne autre Sagane i'ay esté la Princesse
Des mal-heureux sorciers, qui sans aucun debat,
Flechissoyent le genoüil deuant moy au Sabath:
En l'aage de douze ans ma perfide nourrice,
Enclina mon esprit à ce vil exercice,
Tellement que depuis ie quittay le Sauueur,
Pour auoir des demons tout support & faueur:
Puis pendant que la nuict à la robbe estoillee
Calmoit tout l'vniuers, i'errois escheuelee,
Aux bois Thessaliens, sur Osse & Pelion,
Pour des simples trouuer à ma deuotion,
Tantost des Loups garoux i'amassois les entrailles,
De la graine de Chus, des testes de Cornailles,
Du duuet de Lanier, du myrthe Paphien,
Du Pauot endormant, du sable Egyptien,
De l'encens Masculin des pepins de Citroüilles,
Du suaire de mort, & des os de Grenoüilles,
Dequoy en moins d'vn rien ie faisois par mes vers,
Paslir le clair Titan & trembler l'vniuers,

Ie pouuois mesmement immollant pour victime,
Aux autels de Pluton vn bouc de peu d'estime,
Retirer les esprits du centre de l'Enfer,
Ie pouuois des Lyons murmurant triompher,
Ie faisois par mes arts Hecate sembler pasle,
Ie remplissois d horreur la contree Auernalle,
Ie faisois rebrousser les fleuues contre monts,
Ie pouuois transplanter les rochers & les monts,
Je pouuois rechauffer vn corps plus froid que glace,
Ie pouuois faire ouvrir les flancs de ceste masse,
Ie faisois mesmement par mes charmeurs efforts,
Les morts sembler viuans, & les vifs sembler morts:
Ie pouuois des neuf cieux d'ettacher les estoilles,
Ie faisois abysmer les vaisseaux porte voilles
Voire quand ie voulois battre ensemble en duel,
La terre, l'air, la mer & les vents & le ciel.

Le Solon François.

Ces actes de Sathan, ces œuures diaboliques,
Dequoy vous infectiez toutes les Republiques,
Sont plus que suffisans suiuant les sainctes Loix,
Pour vous faire exposer sur vn bucher de bois:
Neantmoins ne voulant balancer vostre vice,
A l'implacable poix d'vne rude Iustice,
I'ordonne qu'ou ayez le chef descapité,
Et que vostre corps soit dedans vn feu jetté
Sus donc Executeur prenez ceste Sorciere,
Et la faites r'entrer en sa prison premiere,
En attendant le temps que son corps soit conduit,
Au supplice apresté pour estre a rien reduit.

Executeur.

Venez Galigay voici l'heure derniere,
Que vous verrez briller du Soleil la lumiere,
Que vous machinerez contre nostre bon Roy,

Que vous mespriserez du Createur la Loy,
Et que par vos breuets & vostre nigromance,
Vous diuiserez plus le Royaume de France.

SCENE II.

Conchine. Tenebrion.

Conchine.

SOrtant du noir seiour des malheureux esprits,
Ie viens derechef voir ce terrestre pourpris,
Esclaue de cent fers captif de mille chaisnes,
Qui redoublent mes maux & accroissent mes peines,
Erre donc maintenant par ce large circuit,
Sous la seule faueur du manteau de la nuict,
Erre donc à iamais, ô ombre malheureuse!
Puante, innacostable, impie & tenebreuse,
Digne de supporter plus de maux & de fers,
Que ne t'en a inscrit le Iuge des Enfers
Et quoy osois-tu bien viuant dedans la France,
Entreprendre vn dessein de si grande importance,
Toy ingrat estranger qui ainsi qu'vne fleur
A veu naistre & mourir, en vn rien ta grandeur,
N'estois-tu pas content, dy moy Myme prophane
D'estre d'vn Sybaris, d'vn chetif Telephane,
D'un pauure Antipater d'vn abiect Abdolin,
Ou d'vn serf d'vn bouffon & sercleur de Iardin,
Monté iusqu'au sommet d'vne si belle grade,
Nenny mais ie voulois surpassant Encelade,
Et les autres Titans en furie & orgueil,
Mon Roy faire descendre au profond d'vn cercueil:
Toutesfois l'Eternel remply de prouidence,

Oeilladant mon orgueil, mon cœur, mon insolence,
Toucha le cœur du Roy lequel en vn moment,
Donna de m'arrester expres commandement,
Mais ne voulant ceder à sa iuste ordonnance,
Ie fus renuersé mort par mon outrecuidance,
Peu apres mon espouse & ceux que i'ay aymez,
Furent dans la Bastille auec droit enfermez,
Pour descouurir au Roy & a son Conseil mesme,
Le mystere secret de mon fin stratagesme:
Pourquoy dans Quillebœuf ie faisois trauailler,
Pourquoy plusieurs Chasteaux ie faisois manteler,
Pourquoy dedans Rouen comme souuerain maistre,
Ie voulois sans subiect plusieurs garnisons mettre,
Et bref pourquoy ingrat des thresors de mon Roy,
I'acquerois des François la faueur & la foy.

Tenebrion.

Iô courage Enfer ! la victoire est acquise,
C'est ce iour que l'on doit d'escoller la Marquise,
Et deuant le public ietter dedans les feux,
Par vn tres-sainct Arrest, son vil corps odieux,
Au ciel aux estrangers, aux François à la France,
Et à ceux qui auoient de ses arts cognoissance,
Mais voicy son espoux ie l'en veux aduertir,
Non, de l'en imbuer ie me veux diuertir,
Il m'en sçauroit mal gré & peut estre de rage,
Il me voudroit couurir la moitié du visage,
Mais vienne qui pourra ie vay luy reciter.

Conchine.

Et bien Tenebrion que viens tu m'apporter?

Tenebrion.

Ie vous viens annoncer des nouuelles fatalles,

Conchine.

Comment ma Leonor de France Mareschalle,

Exposee au public à t'elle fait le saut?

Tenebrion.

Nenny nenny encor, mais gueres ne s'en faut,
Car i'ay ouy dans la Cour vn bruit qu'elle est iugee,

Conchine.

La France par sa mort sera de nous vangee,
Mais par qu'ell' mort doit elle icy prendre son vol?

Tenebrion.

L'executeur luy doit premier coupper le col,
Puis faisant sa carcasse à vn de ses gens prendre,
Il la doit dans le feu faire reduire en cendre.

Conchine.

Mais quoy pour sa Magie & par son vil peché,
Dittes moy mon amy n'est-ce pas bon marché?

Tenebrion.

Ouy certes, & pour moy i'estimois que son vice,
Se verroit expié d'vn plus cruel supplice.

Conchine.

La Cour luy a vsé en cela de faueur
N'ignorant que la honte & le grand deshonneur,
Qu'elle endure mourant au lieu patibulaire,
Luy est plus que cent mort rigoureux & contraire.

Tenebrion.

Si elle eust creu ramer au haure de la mort,
Des lacts de ses rubens elle se fut fait tort.

Conchine.

Elle auoit pour ce coup l'ame trop genereuse.

Tenebrion.

Iamais femme ne fut de la mort tant peureuse.

Conchine.

Si tu deuois mourir tu n'aurois moins de peur.

Tenebrion.

La mort ne peut tromper vn si subtil trompeur,

Puis d'ailleurs de par nous la mort domine au monde.

Conchine.

Fay moy Tenebrion du Stix esquiuer l'onde,
Et me portant sur toy fay moy le iour reuoir.

Tenebrion.

De ceder à tes vœux ie n'ay pas le pouuoir:
Puis il faut d'If semer nostre noire contree,
Pour quand ta Leonor y fera son entree,

Conchine.

Ie te veux assister, car au lieu de tombeau,
L'Enfer luy doit offrir ce qu'il a de plus beau.

ACTE III.

SCENE I.

Galligay. I. Docteur. II. Docteur. Executeur.

Galligay.

O Vaine Ambition! ô temeraire enuie!
Me voila au Zenith de la fin de ma vie,
Me voila ià penchante au centre du tombeau,
Le finistre argument d'vn malheureux cousteau:
on moins digne pourtant de la mort temporelle,
ue mon indigne esprit de la gesne eternelle:
uel chastiment pourra mon peché esgaller,
uel repentir pourra mon offence exceller,
vay, ie vay mourir, mais l'estre de ma vie,
e celle de la mort deuoit estre suiuie,
ar le iour qui naissant me fut le iour premier,
e deuoit pour mon bien estre aussi le dernier,
ur le moins à present d'vn langard populaire,

Triste ie ne ſerois, la fable & l'exemplaire,
Ainſi comme ie ſuis, & mes humides yeux,
Ne verroyent m'appreſter vn ſupplice odieux,
Mais c'eſt fait il ne faut deſormais que ma langue,
Pour allonger ma vie allegue des harangues,
Il ſuffit ſeulement qu'elle m'aille ſeruant,
A deceler les arts dont i'allois deceuant,
Les Argus plus voyant du Royaume de France,
Vous mes yeux ſeruez moy à lauer mon offence,
Vous mon cœur pour le peu que i'ay à reſpirer,
Faites moy mes malheurs & mon mal ſouſpirer,
Puis que mon corps le baze & l'eſgouſt de tout vice,
Doit ſeruir de ſpectacle en ce iuſte ſupplice,
Mais ecclusons ſes pleurs, eſtouphons ces ſouſpirs,
Qui s'en vollent en l'air ſur l'aiſle des Zephirs,
La mort haſte mes pas, la nuict preſſe ma vie,
Se voyant par le ciel d'vn noir manteau ſuyuie,
Adieu donc pour iamais Phenix des autres Roys,
Adieu donc pour iamais grand Royaume François,
Où i'ay iadis regné en tout ſi abſoluë,
Que i'eſtois des petits & des grands mal-voulüe.

I. *Docteur.*

Ne ſongez plus madame, à ce terreſtre lieu,
Tenez les yeux au ciel, retournez vous à Dieu,
Qui ſeul vous peut garder de l'infernalle flame,
Et oſter la noirceur qui enlaidiſt voſtre ame,
Il ne faut plus pleurer il ne faut plus gemir,
Il ne faut ſangloter il ne faut point bleſmir,
Mais il vous faut mourant paroiſtre auſſi conſtante
Que vous auez eſté à faire mal vaillante.

Galligay.

Monſieur la paſle mort n'aura point le pouuoir,

De

De me faire manquer à mon iuste deuoir,
Car encor que mon mal soit quasi sans remede,
Le regret que i'en ay en moy mesme l'excede,
Tant qu'en priant mon Dieu auant mon chastiment,
I'espere paruenir au diuin firmament,
Car vous n'ignorez pas que Dieu peut plus remettre
D'offences & pechez qu'on n'en sçauroit commettre.

II. Docteur.

N'ayez donc maintenant d'autre soin ny soucy
Que de luy demander d'vn cœur deuot mercy,
Il est à tous placable & ne met en arriere
Des pecheurs plains d'horreur la tremblante priere,
Mais va ouurant les bras & donne du secours
A celuy qui le prie à la fin de ses iours.

I. Docteur.

Ayez tousiours les yeux vers la voûte estoillée.

L'executeur.

Ne desirez vous pas Madame estre voillée.

Galligay.

Mon amy permets moy que sans bander mes yeux
Ie face ma priere au Createur des cieux,
N'eclipse point encor la clarté de ma vie,
De ton fer inhumain car i'ay au cœur enuie
Auant que de quitter ce terrestre element
De donner à mon fils quelque admonestement.

L'executeur.

Parlez tout à loisir ie vous iure Madame,
De n'exercer sur vous le deuoir de ma lame,
Que quand vous en aurez au cœur la volonté.

Galligay.

O Soleil nous voicy pareils en qualité,
Tu vas noyer tes feux dans le centre de l'onde,
Et moy ie vay quitter les plaisirs de ce monde,

De vray pour n'estre plus tu ne me quitte pas,
Mais pour n'estre iamais ie m'en vay au trespas,
Arreste toutefois à ma triste priere
Ton penible Phlegon, ton char & ta lumiere,
Pour comme tu me vis naistre dans l'vniuers,
Me voir finir mes iours d'vn rigoureux reuers,
Toy Sauueur qui me sauue au milieu de ma perte,
Tu as seul decelé mon emprise couuerte,
Afin qu'en receuant vn iuste chastiment,
Ie n'eusse pour guerdon vn eternel tourment,
O heureux chastiment, ô mort bien peu cruelle,
Puis que tu n'as le nom de la mort eternelle,
Et que par toy ie vay reuiure dans le ciel,
Delaissant des mondains & du monde le fiel,
Receuez donc mon ame, ô Soleil de iustice
Que ie vay immolant pour expier mon vice,
Encor que sans lauer mes pechez en mon sang,
Le vostre pur & saint soit plus que trespuissant
Pour effacer mon mal & nettoyer l'offence
Que i'ay faite en viuant deuant vostre presence,
Vous mon fils bien aymé par vn gauche destin
De renom & de biens ie vous laisse orphelin,
Toutefois pour auoir la faueur opportune,
N'allez iamais tentant le sort de la fortune,
Car si ainsi que nous vous estes ambicieux,
Vous ne viurez long temps sous la chappe des cieux,
Toy Seigneur immortel autheur de toutes choses,
Createur increé cause de toutes causes,
Principe de ce tout qui peux ce que tu veux,
Exauce ce iourd'huy ma priere & mes vœux,
Efface mes pechez seconde mon enuie,
Et me donne en la mort vne immortelle vie.

I. Docteur.

N'abiurez vous pas mesme en la fin de vos iours
Les Demons qui souuent vous prestoient leur secours.

Galligay.

Ouy ie vay abiurant l'enfer & ses complices
Qui m'ont fait enfanter dix mille mallefices,
Dont ie demande à Dieu au Roy Louys pardon,
Et aux Princes sortis du beau sang de Bourbon:
C'est assez discouru amy fay ton office
Puis que i'ay merité cent fois ce doux supplice.

II. Docteur.

Eleuez vostre esprit deuers le firmament.

L'executeur.

Receuez de vos maux doncques le payement,
Sus sus montez en haut & venez ce corps prendre
Pour le iettant au feu le consommer en cendre.

II. Docteur.

Retirons nous Monsieur puis qu'auec grauité
Nous voyons de la Court l'arrest executé.

SCENE II.

L'ombre de Conchine & l'ombre de Galligay.

Conchine.

PVis que de cent tourmens mon ame est trauersée,
Que n'ay-ie executé ma maudite pensée,
Que n'ay-ie à mon desir Quillebœuf acheué,
Que n'ay-ie Normandie & Rouen esclaué,
Que n'ay-ie ruiné de France les Prouinces,
Que n'ay-ie fait meurtrir iniustement les Princes,
Que n'ay-ie subiugué le sceptre de mon Roy,
Que n'ay-ie en l'vniuers auctorisé ma loy,

Que n'ay-ie ensanglanté la riuiere de Seine,
Que n'ay-ie des François ionché toute la plaine,
Bref que n'ay-ie en vn coup d'vn barbare cousteau
Mis la France & son peuple en vn mesme tombeau:
He ie l'auois voulu, he i'auois en moy mesme
Esclos & arresté ce sanglant stratagesme,
Mais l'Argus immortel, mais le Dieu souuerain
A reduit à neant mon perfide dessein,
Dessein si odieux & si cruel en somme
Que le pareil iamais n'eust place en aucun homme,
De vray homme iamais ne n'acquit sous les cieux
Plus que moy detestable ingrat & odieux,
Mais changeant de propos hé quelle ombre chetiue
Est-ce là que ie voy le long de ceste riue,
N'est-ce point Persephone ou l'hideuse Alecton,
Megere ou Proserpine espouse de Pluton,
Nenny celle n'est point des trois Parques affreuses
Qui gesnent de leurs fleaux les ames malheureuses,
C'est plustost quelque esprit qui a quitté le iour
Pour venir faire icy son douloureux seiour.

L'ombre de Galligay.

Cõment mon cher espoux, cõment mon cher Conchine
Argument de ma perte autheur de ma ruine,
Est-ce là le guerdon, les attraits & l'appas
Dequoy vous desirez reuancher mon trespas.

L'ombre de Conchine.

Excusez moy mon cœur vostre idée difforme
Me faisant oublier vostre premiere forme,
M'a engendré aussi ce mescognoissement
Ainsi que vous pouuez recognoistre aisément.

L'ombre de Galligay.

Ie vous en croy mon fils sans autre tesmoignage.

L'ombre de Conchine.

Qui vous a fait venir sur ce maigre riuage.

L'ombre de Galligay.

Celuy qui à Paris guarist du mal des dents.

L'ombre de Conchine.

Que nous sommes subiets à beaucoup d'accidents,
Et quoy donc vous auez esté decapitée.

L'ombre de Galligay.

Ouy & morte en apres dedans vn feu iettée.

L'ombre de Conchine.

C'estoit pour vous tenir vn peu plus chaudement
Que la Cour vous a fait bailler ce chastiment.

L'ombre de Galligay.

Le peuple à mis ma cendre en apres dans la Seine.

L'ombre de Conchine.

Ie me plains de cela car i'auron de la peine.
A retrouuer nos os çà & là dispersez
Quand Dieu reueillera les peuples trespassez.

L'ombre de Galligay.

On aura de la peine à les reioindre ensemble
Ayans esté bruslez.

L'ombre de conchine.

C'est cela qui me semble,
Mais vous ne parlez point de nostre pauure fils.

L'ombre de Galligay.

Il erre maintenant chetif par les pays
Estant desanobly au Royaume de France.

L'ombre de Conchine.

Encor est-ce pour nous quelque resiouyssance
De ce qu'il n'a suiuy nostre fatal chemin.

L'ombre de Galligay.

Le Roy luy a esté tousiours doux & benin.

L'ombre de Conchine.

C'est assez discouru suiuez moy Leonore,

Il faut passer à gué cest infecté Bosphore,
Et puis nous paruiendrons au Palais de Pluton,
Ou vos fidelles sœurs Megere & Alecton,
Et tous les escadrons de la noire contrée
Desirent honorer vostre celebre entrée.

L'ombre de Galligay.

Non non Conchine non auant que d'entrer ceans,
Suiuant l'antiquité ie dois estre cent ans
Par tout cest vniuers errant à l'aduanture,
N'ayant eu à ma fin tombeau ny sepulture.

ACTE IIII.

Le grand Pan François. Leontide. Aymelys. Almidor. Argante. Lucidor.

Le grand Pan François.

QVelles harpes, quels luths mariez à nos voix,
Chanteront maintenant l'honneur du Roy des Ro[is]
Dont le bras redouté & la sainte puissance
Fauorisant nos vœux à deliuré la France
D'vn Busire inhumain qui vouloit insolent
Empieter mon Estat d'vn orgueil violent,
Mais qui pourroit iamais assez donner de gloire
Au Sauueur immortel autheur de ma victoire,
Qui fait d'vn Goliath l'arrogance abaisser,
Pour vn petit Dauid saintement exaucer.

Leontide.

Quand tout le monde ensemble auroit ioint sa sagesse
Pour benir du Seigneur la diuine hautesse,
Si est-ce toutefois que ces cœurs amassez
Et ces diuerses voix ne seroient pas assez,

ar ce coup fut si grand que sans aucun obstacle
e fut pour les François & la France vn miracle.

Aymelys.

a France est bien-heureuse & les François heureux
e n'alimenter plus ses hydres venimeux.

Le grand Pan François.

en dois à l'Eternel vn immortel Cantique.

Almidor.

s eussent remis France en vn chaos antique.

Argante.

aris le pastoureau fut le fatal tison
Qui brusla le Pergame & les murs d'Illyon,
lais ce lasche Thersite empoullé d'arrogance
ust esté le tison de Paris & de France.

Le grand Pan François.

i l'Ange qui me garde & le bon saint Denys
N'y eussent mis la main, nos inuincibles lys
ussent flestry leur teint sous ce grondant orage
Qui me menassoit ià d'vn eternel naufrage.

Lucidor.

e mutin ignoroit l'exemple d'vn Aman,
e Plaute, de Morus, d'Aluare, de Sejan,
e Guast, de Marigny & de mille infidelles
Qui furent chastiez comme traistres rebelles.

Aymelys.

eur exemple notable & leur impieté
era veuë à iamais de la posterité.

Leontide.

Quand on n'auroit trouué que leurs liures magiques,
eurs statues de cire & cahiers Iudayques
Ausquels ils apprenoient dix mille absurditez,
ls deuoient dans le feu tous vifs estre iettez.

Almidor.

Quand il n'y auroit eu que les intelligences
Qu'ils machinoient auec les ennemis de France,
Ils estoient ià atteints de leze Maiesté.

Le grand Pan François.

Ie n'ignore que d'eux la moindre impieté
Meritoit iustement esprouuer cent supplices,
Mais ie ne veux donner la mort égalle aux vices.

Argante.

Ainsi Henry le grand vostre preux geniteur,
Marioit la iustice auecques la douceur.

Le grand Pan François.

C'est la gloire d'vn Roy quand sans estre seuere
Il est fleau des mauuais & des humbles le pere.

Lucidor.

C'est la gloire d'vn Roy quand d'vn mesme trenchant
Il deffend l'innocent & punit le meschant.

Aymelys.

Le Roy a fait cest acte apparoistre en Conchine
Qui vouloit de la France & de nous la ruine.

Argante.

Son nom aussi sera pour ce plus renommé
Qu'on n'a iamais Achille & Cesar estimé,
Voire Pompee le Grand, Auguste & Alexandre.

Le grand Pan François.

De cela à Dieu seul honneur on en doit rendre.

Almidor.

Il n'importe pourtant vn LOYS DE BOVRBON,
De tout siecle en aura la gloire & le renom.

Le grand Pan François.

C'est icy trop tardé allons d'ardeur bellique
Manier vn cheual, esbranler vne picque,
Faire quelque surprise vn assaut inuenter,
Pour au mestier de Mars nous experimenter.

FIN.

www.ingramcontent.com/pod-product-compliance
Ingram Content Group UK Ltd.
Pitfield, Milton Keynes, MK11 3LW, UK
UKHW022143260726
13993UKWH00005B/2128

9 782019 972592